THE ARMS PEDDLER

3

IL Y A BIEN LONGTEMPS, À L'ÉPOQUE OÙ LE MONDE COMMENÇAIT TOUT JUSTE À SE RELEVER DE LA DESTRUCTION...
LES HOMMES, FAIBLES ET SANS DÉFENSE, ÉTAIENT À LA MERCI DES PRÉDATEURS, DONT ILS ÉTAIENT DEVENUS LE GIBIER...
MAIS UN BEAU JOUR, UN COLPORTEUR ENTRA DANS UN BÂTIMENT EN RUINES ET FIT UNE MERVEILLEUSE DÉCOUVERTE...

DES MONCEAUX D'ARMES, VESTIGES DE L'ANCIENNE CIVILISATION !
STIGMATE 15 : LE COULOIR AUX ILLUSIONS (1)
C'EST ALORS QUE LE MARCHAND EUT UNE IDÉE...

IL ALLAIT VENDRE CES ARMES À SES SEMBLABLES ! AINSI POURVUES DE CROCS, LES PROIES SE TRANSFORMERAIENT EN LOUPS...
VOILÀ COMMENT EST NÉE LA GUILDE DES ARMURIERS !
REGARDEZ !!

VOICI NOTRE CAMPEMENT, ÉTABLI SUR LE SEIZIÈME SITE DE FOUILLES... IMPRESSION-NANTES, CES RUINES ANTI-QUES, PAS VRAI ?
EN PRONONÇANT FIÈREMENT CES MOTS, LE VIEUX MAÎTRE DE GARAMI NOUS A DÉSIGNÉ DEUX ÉTRANGES BÂTISSES...
QUI, À MES YEUX, RES-SEMBLAIENT À DES PIERRES TOMBALES S'ÉLEVANT JUSQU'AU FIRMAMENT...

ガヤ
BLA
ガヤ
BLA
ウイイイ
VRRRR

TAP
カッ
TAP
カッ
TAP
カッ
TAP
カッ

SALUT, GARAMI ! SI TU CHERCHES LE CHEF, IL EST DANS SON BUREAU !
J'AVOUE QUE JE NE M'ATTENDAIS PAS À TOMBER SUR TOI À LA SORTIE DU TUNNEL, GENZO.
GLOU
GLOU
GLOU
HA HA HA !
ON ÉTAIT JUSTEMENT SUR PLACE POUR ÉPIER LES MOUVEMENTS DES SOLDATS BALZARIS ...
J'AVAIS ENTENDU DIRE QUE TU AVAIS EMPRUNTÉ CES SOUTERRAINS ...

MERCI POUR L'AFFAIRE DE NAKIRO, ÇA N'A PAS DÛ ÊTRE UNE PARTIE DE PLAISIR !
COMME D'HABI-TUDE...
AU FAIT ...
FRSH
J'AI PRIS DEUX COMMANDES POUR TOI, EN CHEMIN...
TRÈS BIEN, MAIS...
JE CONSTATE QUE TU N'AS PAS RÉCU-PÉRÉ QUE DU BOULOT !
QUE FAIT LA PRINCESSE DE CARADIA AVEC TOI ?

TU VAS T'ATTIRER DES ENNUIS, TU SAIS ?
QUE VA DIRE LE CONSEIL DE LA GUILDE ?
JE ME RETROUVE AVEC CETTE GAMINE SUR LE DOS, MAIS CE N'EST PAS MOI QUI L'AI INVITÉE À VENIR !
AH BON... ALORS C'EST LE GARÇON ? CE N'EST PAS SOUVENT QU'ON TE VOIT ACCOMPAGNÉE !
LÀ ENCORE, C'EST DÛ À UNE SUCCESSION D'ÉVÉNEMENTS...
JE COMPTE ME RÉAPPROVISIONNER EN MARCHANDISES PENDANT DEUX OU TROIS JOURS, PUIS REPARTIR. TU AS DE NOUVELLES LIVRAISONS POUR MOI ?
OUI, PLUSIEURS...
FRSH
MAIS IL Y A PLUS URGENT...

PLOF
...
HI HI ! ♡
PLOF
PLOF
VIEUX PERVERS !!
RECOMMENCE ET JE TE FAIS SAUTER LA CERVELLE ! C'EST MON DERNIER AVERTISSEMENT !
HA HA HA ! IL FAUDRA PLUS QUE DES MENACES POUR M'ARRÊTER !
TE PELOTER LES SEINS, C'EST UNE VRAIE CURE DE JOUVENCE !

BLA
ガヤ
BLA
ガヤ
COMMENT ÇA SE PASSE, DANS LA MINE OUEST ?
PAS TERRIBLE ! IL FAUDRAIT PROLONGER LA GALERIE VERS LE NORD...

MERCI, MADAME... C'EST BIEN LÀ-BAS ?
EXACT ! DIS-MOI, TA JEUNE AMIE VA BIEN ?
OUI... MAIS ELLE EST UN PEU FATIGUÉE, JE VAIS LA LAISSER TRANQUILLE ...
...
ME VOILÀ BIEN LOIN DE CHEZ MOI...

RATATATA
RATATATA
EXCUSEZ-MOI...
CRII
キイ
SILENCE !!

J'EN SUIS À UNE ÉTAPE TRÈS DÉLICATE ! NE VIENS PAS ME DÉCONCEN-TRER !
PASSE-MOI LA BURETTE D'HUILE !
QUOI ?
ELLE EST SUR LA CAISSE EN BOIS ! LE PETIT BIDON VERT !

MAGNE-TOI UN PEU, BON SANG !!
TAC
TCHAC
カチャ
TCHAC
カチャ
VOILÀ... C'EST PAS MAL !
TIENS ?
C'EST TOI, PETIT ?

CRII
ガラ
ガラ
CRII
SPLASH
バシャ
SPLASH
バシャ
NOTRE MÉTIER EST SIMPLE...
ON FOUILLE LES RUINES À LA RECHERCHE D'ARMES ANCIEN-NES, ON LES RESTAURE...
ET LES MARCHANDS COMME GARAMI SE CHARGENT DE LES VEN-DRE !

À QUOI POUVAIT BIEN SERVIR CET OBJET ?
J'IGNORE TOUT DES CIVILISATIONS ANTIQUES, MAIS JE PEUX AU MOINS AFFIRMER UNE CHOSE...
ELLES EXCELLAIENT DANS L'ART DE FABRIQUER DES INSTRUMENTS DE MORT !
GARAMI EST VOTRE ÉLÈVE, MON-SIEUR ?
OUI, DEPUIS UN BON BOUT DE TEMPS ...

VOUS DEVEZ BIEN LA CONNAÎTRE, ALORS...
...
MOI, JE VOYAGE AVEC ELLE DEPUIS PEU...
ET JE N'ARRIVE PAS DU TOUT À CERNER SON CARACTÈRE !
LA PLUPART DU TEMPS, ELLE EST GLA-CIALE, MAIS ELLE LAISSE PARFOIS ENTREVOIR UN SOUPÇON DE GENTILLESSE...
ELLE RAMÈNE TOUJOURS TOUT À L'ARGENT...
ELLE M'A FAIT ACHETER UNE ÉPÉE TOUTE ROUILLÉE...
UNE ÉPÉE ?
OUI, REGAR-DEZ...

...
POURQUOI T'A-T-ELLE PROPOSÉ D'ACQUÉRIR CETTE ARME ?
EUH... POUR TUER LES CORBEAUX SPECTRAUX QUI AVAIENT PRIS L'APPARENCE DE MA MÈRE...
PFF !
ET ELLE TE L'A VENDUE ?!
C'EST LA MEILLEURE ! HA HA HA HA HA !!
TSS... JE SAVAIS BIEN QUE JE M'ÉTAIS FAIT ROULER...

AU FAIT ...
GARAMI PORTE TOUJOURS UNE GRANDE ÉPÉE SUR SON DOS...
MAIS JE NE L'AI JAMAIS VUE LA SORTIR DE SON FOURREAU...
ELLE NE POURRAIT PAS LA DÉGAINER ...
MÊME SI ELLE LE VOULAIT !
ズン
BOUM
!!
C'ÉTAIT QUOI, CE BRUIT ?

UNE EXPLOSION...
LES MINEURS ABATTENT DES MURS À LA DYNAMITE POUR CREUSER DE NOUVELLES GALERIES ! TU PEUX ALLER VOIR, SI TU VEUX...
BIEN, DÉBLAYEZ LES GRAVATS !

DÉPÊCHEZ-VOUS !!
LES ARMES VONT ROUILLER EN UN CLIN D'ŒIL ! IL N'Y A PAS UNE MINUTE À PERDRE !!
TING
!
QUELQU'UN VIENT DE M'APPELER ...

TIENS ? IL M'AVAIT SEMBLÉ ENTENDRE DES VOIX ...
!
AH ...
AAH !

ILS SONT TOUS MORTS...
QU'EST-CE QUI S'EST PASSÉ ?

AH ...
AAH ...
QU'EST-CE QUI S'EST PASSÉ ?
POF
MAIS...

OÙ EST LA SORTIE ?
JE T'ATTEN-DAIS...
OUI... J'ESPÈRE TA VENUE DEPUIS BIEN LONG-TEMPS...

STIGMATE 16 : LE COULOIR AUX ILLUSIONS (2)

JE VAIS JETER UN COUP D'ŒIL À L'INTÉRIEUR...
UN PROBLÈME, GARAMI ?!

GH...
FUIT
スッ
REMONTEZ TOUS ! ÉVA-CUEZ LA MINE !
LES FOUILLES SONT INTER-ROMPUES POUR AU-JOURD'HUI !
OUVREZ LA RÉSERVE D'ARMES !
ENTENDU !
BIEN !
PRENEZ CHACUN UN FUSIL !

TAP
TAP
VOILÀ CE QUI ARRIVE QUAND ON TRAÎNE TROP LONGTEMPS AU MÊME ENDROIT ...
JE CROIS QU'ON A RÉVEILLÉ ...
QUELQUE CHOSE QUI AURAIT DÛ CONTINUER À DORMIR SOUS TERRE...
OÙ EST SONA ?

JE N'ENTENDS PLUS LA VOIX QUI M'APPELAIT DEPUIS TOUT À L'HEURE !
SES DERNIERS MOTS ONT ÉTÉ...

"JE L'AI ATTRAPÉ !"
QU'EST-CE QU'IL Y A, MON CHÉRI ?
TU AS PEUR ?
UNE MÈRE SENT CES CHOSES-LÀ, TU SAIS !

NE T'INQUIÈTE PAS... JE SUIS AVEC TOI !
ÇA VA MIEUX ?
OUI...
HI HI... À LA BONNE HEURE !
DIS, MAMAN... ON VA OÙ, COMME ÇA ?

DANS UN ENDROIT MER-VEILLEUX...
UNE TERRE PROMISE RÉSERVÉE AUX ÉLUS !

TU AS ENTENDU UNE VOIX PAR ICI ? TU ES SÛRE ?
OUI... ELLE SE DÉPLACE, MAIS JE NE VOIS PER- SONNE !

IL DEVRAIT Y AVOIR QUELQU'UN, POURTANT !
BON SANG !
JE NE COMPRENDS RIEN À CETTE HISTOIRE ! TU AS VU LES CADAVRES DES MINEURS ?!
ILS ÉTAIENT COUVERTS DE SANG JUSQU'AU BOUT DES ONGLES ! ILS NE SE SONT QUAND MÊME PAS ENTRETUÉS !
UNE BRÈCHE S'EST OUVERTE ...
QUOI ?!
NOTRE UNIVERS EST CONSTITUÉ DE PLUSIEURS COUCHES SUPERPO-SÉES...

IL DOIT Y AVOIR UNE FAILLE, ET SONA EST PASSÉ À TRAVERS ...
TOUT COMME LES MINEURS.
ALORS POURQUOI LE GARÇON N'EST-IL PAS MORT, LUI ?
NE ME DIS PAS QUE...
SI ! C'EST PARCE QUE SONA L'A SUR LUI !
QU'Y A-T-IL PLUS LOIN ?
UN VASTE HALL...
ON L'APPELLE LA CATHÉDRALE !
TAP
TAP

QUAND ON A DÉCOUVERT CETTE PIÈCE...
LE SOL ÉTAIT JONCHÉ D'OSSEMENTS HUMAINS...

C'EST ICI, L'ENDROIT MAGNIFIQUE DONT TU M'AS PARLÉ ?
LE GRAND JOUR EST ENFIN ARRIVÉ !
BIENVENUE À TOUS !
BIENVENUE AUX ÉLUS !

COMME JE VOUS L'AVAIS ANNONCÉ ...
L'ÈRE DE L'OMÉGA EST VENUE !
AYEZ PITIÉ DE CEUX QUI ONT FERMÉ LEURS OREILLES À MES AVERTIS-SEMENTS...
ET SOYEZ BÉNIS, MES FRÈRES !
VOUS ÊTES PARFAITEMENT CONSCIENTS ...
DE L'ÉTAT ACTUEL DU MONDE !

IL A CHANGÉ !
L'HEURE DE LA PURIFICATION A SONNÉ... L'HUMANITÉ VA SE LIBÉRER DE SON CARCAN !
NOUS ALLONS PASSER AU STADE SUPÉRIEUR !
ALLÉLUIA !!

MES FRÈRES ! PRENEZ VOTRE BILLET VERS LA TERRE PROMISE !
N'HÉSITEZ PLUS !
?!
...
TOUT LE MONDE A LE SIEN ? NE SOYEZ PAS EN RETARD !
L'ARCHE VA LARGUER LES AMARRES !

BRANDISSEZ BIEN HAUT...
LES FLAMMES DE L'OMÉGA !!
MAMAN ...

NON, SONA !!
ザ
VSHH
ザ
ザ
AIRI ?

ドサッ
PLAF
MAMAN ?!
CLING

POURQUOI N'AS-TU PAS BU TON VERRE, PETIT ?
ビクッ
BRR
ギシ
TAP
ギシ
TAP
TOUT LE MONDE L'A PORTÉ À SES LÈ-VRES...
ALORS ?
ギシ
TAP

POURQUOI N'AS-TU PAS VOULU VENIR AVEC MOI ?
JE NE SAIS PAS OÙ JE SUIS NI CE QUI SE PASSE ICI...
MAIS JE VOIS QUE VOS INTEN-TIONS SONT LOIN D'ÊTRE LOUABLES !
QUI ÊTES-VOUS, D'ABORD ?!

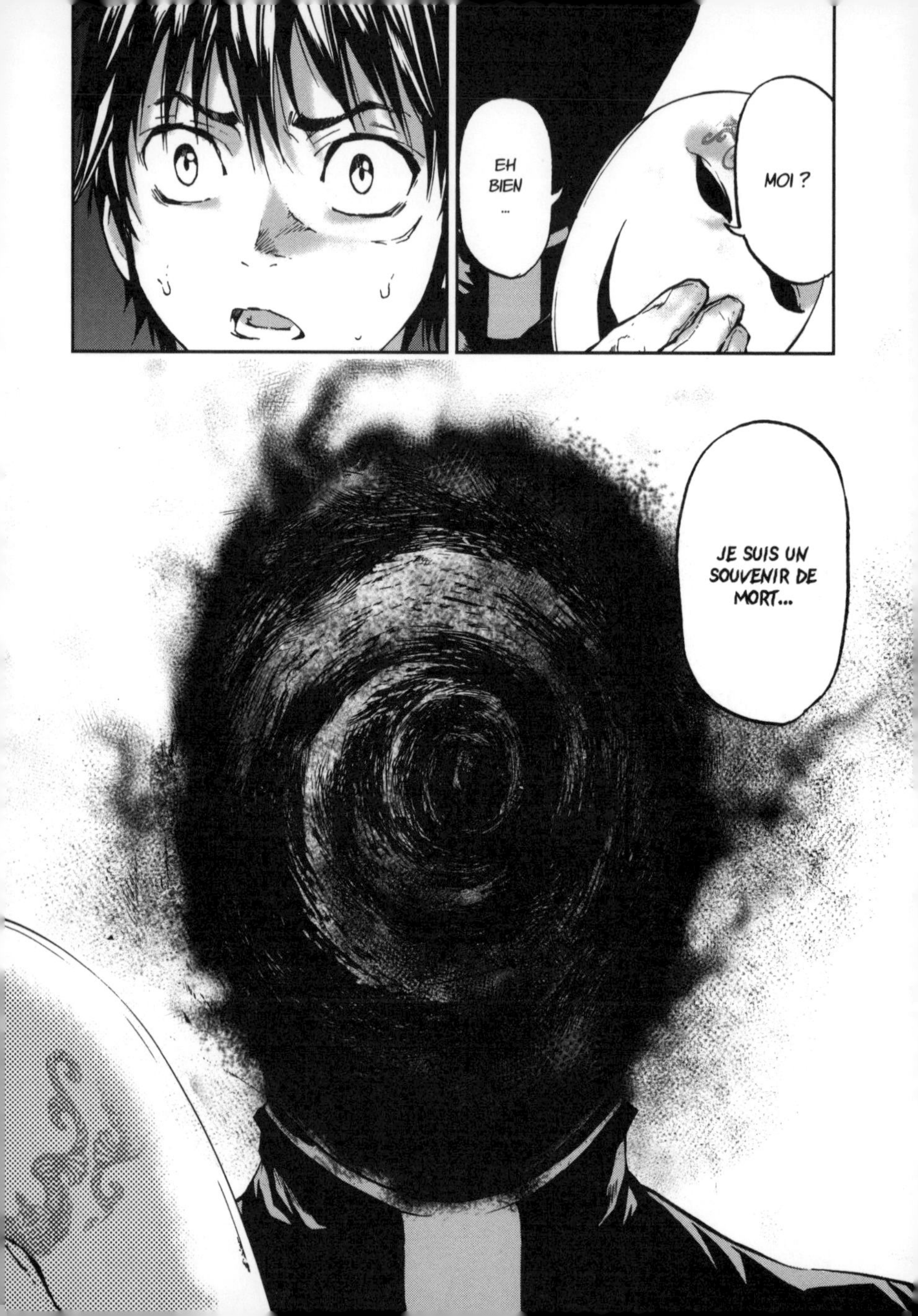
MOI ?
EH BIEN ...
JE SUIS UN SOUVENIR DE MORT...

JE SUIS ...
UN SOUVENIR DE MORT ...
AAH ...

STIGMATE 17 : LE COULOIR AUX ILLUSIONS (3)
DE MORT... DE MORT ...
UN SOUVENIR DE MORT ...

VOICI LA PIÈCE DONT JE TE PAR-LAIS...
CELLE DONT LE SOL ÉTAIT TOTALEMENT RECOUVERT D'OS BLAN-CHIS...
DES CENTAINES DE PERSONNES ONT DÛ TROU-VER LA MORT ICI DANS LES DER-NIERS INSTANTS DE L'ANCIENNE CIVILISATION...
MAIS IMPOSSIBLE DE SAVOIR CE QUI S'EST RÉELLE-MENT PASSÉ...
PEUT-ÊTRE QUE LA CHOSE QUI A TUÉ LES MINEURS DANS LA GALERIE A UN LIEN AVEC LES ÉVÉNEMENTS QUI ONT EU LIEU DANS CETTE SALLE ?
TU ES SÛRE QUE LE GARÇON EST PAR ICI, PRIN-CESSE ?
JE ME SENS OPPRESSÉE ...

...
ÇA NE FAIT AUCUN DOUTE ...
SONA EST QUELQUE PART DANS LE COIN ...

AAAAAH !
シュル... KSSS
HIIIIII !!
NE RESTE PAS LÀ TOUT SEUL...
VIENS, PETIT ...
REJOINS-NOUS !

PARS AVEC NOUS ...
SONA... SERS-TOI DE TON ÉPÉE...
GARAMI ?!
CE N'EST PAS UNE LAME ORDINAIRE...
CE MONSTRE LA CRAINT PLUS QUE TOUT...
SI TU N'ES PAS MORT EN MÊME TEMPS QUE LES AUTRES, DANS LA MINE, C'EST GRÂCE À TON ARME...
C'EST POUR ÇA QU'IL T'A ATTIRÉ DANS UN ENDROIT OÙ IL POUVAIT DÉPLOYER PLUS DE PUISSANCE...
MON ÉPÉE ? MAIS JE NE L'AI PAS...
BIEN SÛR QUE SI !
IL LA CACHE À TA VUE, C'EST TOUT !

SONA ! DÉGAINE-LA IMMÉDIATE-MENT !
PLOF
YAAAAAH !

GROAAAAAAR
?!
GENZO
!
TAP

TAP
EN FORMATION DELTA ! IMMOBILISEZ-LE !!
ARGH ...
VSHH
TCHAC
VSHH

FSHH
TCHAC
TCHAC
VIOUUU
GROAAAR
ÇA Y EST, C'EST FIXÉ !

EN POSITION !
FEU !
BANG
BANG
BANG

LE COUP DE GRÂCE ! JETEZ LES FOURNAISES !
BOUM
BOUM
VIOUU
FRSH
FRSH
DROUF
CRAC

H!!!!!!!
INCROYABLE !

CONTENT QUE TU AIES EU L'OCCASION DE NOUS VOIR À L'ŒUVRE...
COMMENT ÇA SE FAIT QUE VOUS SOYEZ AUSSI FORTS ?
LES MEMBRES DE LA GUILDE DES ARMURIERS NE SONT PAS DE SIMPLES MARCHANDS ...
NOUS SOMMES AVANT TOUT UNE TROUPE MILITAIRE D'ÉLITE...
AH, D'ACCORD !
EXACT ! ET QUAND UN DE NOS FRÈRES D'ARMES EST EN DANGER, ON S'UNIT POUR LUI VENIR EN AIDE !

ON FORME UNE GRANDE FAMILLE !

TU T'EN ES BIEN SORTI, GAMIN !
VOILÀ POUR TOI...
CLANG
?!
QU'EST-CE QUE C'EST ?

LA PREUVE QUE TU FOURNIS DES CROCS À CEUX QUI EN SONT DÉPOURVUS : LA MÉDAILLE DE LA GUILDE DES ARMURIERS !
TANT QUE TU L'AURAS SUR TOI, TU FERAS PARTIE DE NOTRE FAMILLE... ET CE, OÙ QUE TU PUISSES TE TROUVER !
GRÂCE À TES EFFORTS, ON A PU VENGER NOS AMIS ...
JE PENSE QUE TOUT LE MONDE EST D'AC-CORD POUR T'ACCUEILLIR PARMI NOUS !
ET TOI, GARAMI ?
PFF... JE N'AI PAS MON MOT À DIRE...

ON PRENDRA LA ROUTE DEMAIN, LE DOCTEUR A EXIGÉ QUE TU TE REPOSES ICI CETTE NUIT...
DIS-MOI... CE MONSTRE QUI PRÉTENDAIT ÊTRE UN SOUVENIR DE MORT... C'ÉTAIT QUOI, AU JUSTE ?
UNE ILLUSION... UNE IMAGE DU PASSÉ SANS ENVELOPPE PHYSIQUE... COMME UN GAZ TOXIQUE QUI AURAIT REMPLI UNE CAVERNE MAL AÉRÉE.
N'Y PENSE PLUS...
UN FRAGMENT DU PASSÉ ?
ALORS LE PAYSAGE QUE J'AI VU PROVENAIT DE L'ANCIENNE CIVILISATION ?
UNE VILLE GIGANTESQUE... AVEC DES BÂTIMENTS QUI S'ÉLEVAIENT JUSQU'AU CIEL... ILS BRILLAIENT DE MILLE FEUX, C'ÉTAIT MAGNIFIQUE !
COMMENT CE MONDE A-T-IL PU ÊTRE DÉTRUIT ALORS QU'IL PARAISSAIT SI ÉVOLUÉ ?

C'ÉTAIT JUSTE UN MIRAGE...
CLAC
バタン
ALORS, ON S'INQUIÈTE POUR SONA, ALTESSE ?
PAS DU TOUT !
COMMENT AS-TU FAIT POUR ENTENDRE LA VOIX DE CETTE CHOSE ?
!!

IL PARAÎT QUE LES MEMBRES DE LA FAMILLE ROYALE CARADIENNE PORTENT LE TITRE DE MAÎTRES DES ARCHIVES DEPUIS L'ANTIQUITÉ... EST-CE QUE ÇA AURAIT UN RAPPORT ?
À TA PLACE, JE N'EN PARLERAIS À PERSONNE ...
!!

QU'EST-CE QUI T'EST PASSÉ PAR LA TÊTE POUR QUE TU ACCEPTES CE MORVEUX DANS LA GUILDE ?
ET TOI, QU'EST-CE QUI T'A PRIS DE LUI VENDRE CETTE ÉPÉE ?
JE M'EN SUIS LASSÉE...
HA HA HA !
C'ÉTAIT POURTANT TON ARME FÉTICHE !
...

GENZO !
UN ÉMISSAIRE DU CONSEIL DE LA GUILDE VIENT D'ARRIVER !
QUOI ?
TIENS, TIENS... MAIS C'EST CE BON VIEUX GENZO ENFIELD !
VOUS AURIEZ DÛ RESTER AU BUREAU DE BAROUD, ÇA M'AURAIT FAIT GAGNER DU TEMPS... AU MOINS, LÀ-BAS, IL Y A UN TÉLÉGRAPHE !

SALUT, NICOLAS ! QUE VIENT FAIRE UN REPRÉSENTANT DU CONSEIL DANS CETTE ZONE RECULÉE ?!
JE SUIS ICI EN MISSION, BIEN SÛR ! JE VIENS VOUS DÉLIVRER UN MESSAGE...
À QUEL SUJET ?
GARAMI...
PAR DÉCISION DU CONSEIL, TU ES RADIÉE DE LA GUILDE À PARTIR D'AUJOURD'HUI !
COMMENT ?!
ET POUR QUELLE RAISON ?!

LA GUILDE NE PEUT PLUS LUI CONFIER DE LIVRAISONS, VOILÀ TOUT ...
GARAMI ! LE BALZAR A MIS TA TÊTE À PRIX !
TU VAS DEVENIR LA CIBLE DE TOUS LES CHASSEURS DE PRIMES !

FLAP
FLAP
FLAP
C'EST UN SITE DE FOUILLES OCCUPÉ PAR LA GUILDE DES ARMURIERS...

STIGMATE 18 : LES CHASSEURS DE PRIMES (1)

J'AI HÂTE DE RENCONTRER LA PRINCESSE DE CARADIA...
DIS, BUTCH, TU SAIS SI ELLE EST MIGNONNE ?
OUAIS... CE N'EST PAS PARCE QUE C'EST UNE FEMME QU'ON VA LA MÉNAGER !
ON VA LA MASSACRER VITE FAIT BIEN FAIT !
VOUS COMPRENEZ CE QUE ÇA VEUT DIRE ?
TOI AUSSI, MACHINE, TU VOULAIS FAIRE SA CONNAIS-SANCE, PAS VRAI ?
BAH ?
D'ACCORD... LE TRAVAIL AVANT TOUT !
TCHAC
RICO, JETTE CE JOUET ! L'HEURE N'EST PLUS À L'AMU-SEMENT...
ZUT, ELLE EST MORTE... JE NE RE-TROUVERAI JAMAIS SON NOM !

C'EST PARTI ! LES FRÈRES CERBERUS PASSENT À L'ACTION !
バッ
FLAP
YAAAH !!
ド
CATACLOP
ド
ド
CATACLOP
ド

CETTE FEMME S'EST FAIT EXCLURE DE LA GUILDE ? ON A OFFERT UNE RÉCOMPENSE POUR SA CAPTURE ?

TU AS TUÉ LE BARON OULARDT À YUGA...
ET AIDÉ LA PRINCESSE DE CARADIA À S'ENFUIR...
MAIS CE N'EST PAS CE QUE LE CONSEIL TE REPROCHE...
LES MEMBRES DE LA GUILDE SONT LIBRES D'EXERCER DES ACTIVITÉS SE-CONDAIRES TANT QUE CELA NE FAIT PAS OBSTACLE À NOTRE COMMERCE...
C'EST SUR CE DERNIER POINT QUE LE BÂT BLESSE...
LA PRIME SUR TA TÊTE S'ÉLÈVE À DIX MILLIONS DE TAALS...
ザワ!!
BLA
BLA
DIX MILLIONS ?!
LA VACHE !

AUSSI JE TE DEMANDE ...
DE ME RESTITUER TON MÉDAILLON !
TOUS LES CHASSEURS DE PRIMES LES PLUS HABILES SONT EN TRAIN DE SE REGROUPER DANS CE DÉSERT...
TU COMPRENDS ? TA VIE VA ÊTRE CONSTAMMENT MENACÉE, LA GUILDE NE PEUT PLUS SE PERMETTRE DE TE CHARGER DE VENDRE DES ARMES EN SON NOM...
GENZO !
TAP
TAP
ON A DE LA COMPAGNIE ! TROIS HOMMES À LA PORTE DU CAMPEMENT !
LEUR CHEF S'APPELLE GREG CERBERUS !
HAN
HAN
ILS NOUS SOMMENT DE LEUR REMETTRE GARAMI DANS LES DIX MINUTES !
QUOI ?!

LES FRÈRES CERBERUS !
LES TROIS CÉLÈBRES CHASSEURS DE PRIMES !
COMME VOUS POUVEZ LE VOIR, GARAMI N'APPARTIENT PLUS À LA GUILDE !
JE VOUS INTERDIS DE LUI PRÊTER ASSISTANCE !

QUOI ?!
MAIS QUE VA DEVENIR LA PRINCESSE ?!
CE NE SONT PAS NOS AFFAIRES !
MON DESTIN M'ÉCHAPPE À NOUVEAU...
ET J'AI L'IMPRESSION QUE JE NE POURRAI PLUS JAMAIS...
LE REPRENDRE EN MAIN !
QU'EST-CE QU'ON FAIT, CHEF ?!
...
EUH... JE POURRAIS PEUT-ÊTRE M'OCCUPER D'ELLE...

QUI ES-TU ?
SONA YUKI... JE VIENS D'ENTRER DANS LA GUILDE...
EN TANT QUE MEMBRE, JE PEUX ACCEPTER DES COMMANDES !
JE SUIS UN MARCHAND AMBULANT, ET JE VAIS EMMENER AIRI AVEC MOI DANS MA CARRIOLE !
DE PLUS, J'ENGAGE GARAMI COMME GARDE DU CORPS !

SI ÇA VOUS POSE UN PROBLÈME, DITES-LE MAINTENANT !
...
SONA ...

HA HA HA HA HA HA !
NON, AUCUN PROBLÈME !
ALLEZ, LES GARS ! CHARGEZ LA CARGAISON DU GAMIN EN MOINS DE CINQ MINUTES !
ÇA MARCHE !!
TAP
TAP
POF

QUELQUE CHOSE À Y REDIRE, NICOLAS ?
NON...
PAS D'OBJECTIONS...
ACCÉLÉREZ LE MOUVEMENT !!
LE TEMPS PRESSE !!
TU T'APPELLES SONA, C'EST BIEN ÇA ?
CROIS-EN MON EXPÉRIENCE, TU LE REGRETTERAS !

YAAAH !!
YAAAH !!
CATACLOP
CATACLOP
BON...
VENEZ AVEC MOI, VOUS DEUX !
CE N'EST PAS LE MOMENT DE TRAÎNER !
OOH, ÇA VOUS VA COMME UN GANT !!

ON GÈLE DANS LE DÉSERT, LA NUIT... CES MANTEAUX VOUS TIENDRONT CHAUD !
...
C'EST LA SEULE TENUE POUR FEMME DONT JE DISPOSE, IL VA FALLOIR T'EN CONTENTER !
IL EST TOUT USÉ ...
NORMAL, C'EST UN VIEUX À MOI ! MAIS AU MOINS, IL EST À TA TAILLE !

J'AI AFFÛTÉ TA LAME ...
ET JE T'AI FABRIQUÉ UN NOUVEAU FOURREAU, L'ANCIEN ÉTAIT TROP ABÎMÉ...
DITES-MOI, GENZO... CETTE ÉPÉE ...
N'HÉSITE PAS À LA DÉGAINER QUAND TU EN AURAS BESOIN !
C'EST TOUT CE QUE JE PEUX TE DIRE !

TOUT EST RÉGLÉ, LES GARS ?!
OUI, C'EST LA DERNIÈRE CAISSE !
LE CHARIOT EST PRÊT À PARTIR !
ALORS, QU'EST-CE QUE TU PROPOSES ?
GARAMI ...
DÉSOLÉ ...
JE NE T'AI MÊME PAS DEMANDÉ TON AVIS...

JE VEUX SAVOIR CE QUE TU AS PRÉVU CONCERNANT MON PAIE-MENT !
HEIN ?
TU SOUHAITES M'ENGAGER COMME GARDE DU CORPS, C'EST ÇA ? À QUEL PRIX ?
EUH ...
FRSH
FRSH
10 000 TAALS... C'EST TOUT L'ARGENT QUE J'AI GAGNÉ À YUGA...
CE N'EST PAS CHER PAYÉ, MAIS BON... TRÈS BIEN, MARCHÉ CONCLU !
TAC

ON DIRAIT QU'ILS N'ONT PAS L'INTENTION DE NOUS LA LIVRER...
CE SONT SÛREMENT DES GENS SOLIDAIRES ET PLEINS DE PRINCIPES... COMME C'EST TOUCHANT !
TU PEUX Y ALLER, BUTCH !
OK...

HÉ HÉ ! QUE LA FÊTE COMMENCE !
QU'EST-CE QUI SE PASSE ?!
LES CHASSEURS DE PRIMES ONT PERDU PATIENCE...

TIENS, VOICI MON CADEAU D'ADIEU... TU DE-VRAS GARDER LES YEUX GRANDS OUVERTS POUR BIEN CONDUIRE LE CHARIOT !
POF
SI TU ES UN HOMME, TÂCHE DE PROTÉGER LA PRINCESSE COMME IL SE DOIT !
EUH... GARAMI ?
QUOI ? TU ES MON EMPLOYEUR, ALORS AS-SUME !
TCHAC

ENTENDU ...
BOUM
ドォォ
C'EST MOI QUI DOIS DONNER LES ORDRES, MAINTENANT !
C'EST PARTI !

ILS ONT DÉFONCÉ LA PORTE !
ILS NOUS PROVOQUENT ALORS QU'ILS NE SONT QUE TROIS ? LES CHIENS !
TAC
DÉPÊCHEZ-VOUS !
NE LES SOUS-ESTIMEZ PAS !
NE LES LAISSEZ PAS PÉNÉTRER PLUS LOIN DANS LE CAMP !
COMPRIS ?!

STIGMATE 19 :
LES CHASSEURS DE PRIMES (2)
ON DOIT PERMETTRE AUX TROIS AUTRES DE S'ÉCHAPPER !!

RATATATATA
AAAH !
BOUM
ET ILS SE PRENNENT POUR DES GUERRIERS BALÈZES ?! DU FLAN, OUAIS !
CES MARCHANDS D'ARMES N'ONT RIEN DANS LE VENTRE !
DÉTROMPE-TOI, BUTCH, ILS N'ONT PAS USURPÉ LEUR RÉPUTATION...

RATATATA
RATATATA
ズル…
FSHH
ILS SONT TRÈS BIEN ENTRAÎNÉS !
グラ…
PLOP

HEIN ?!
CE N'EST PAS TRÈS POLI DE NOUS TRAITER DE MONSTRES ...
ILS VOIENT À TRAVERS LES PALIS-SADES ? MAIS CE SONT DES MONS-TRES !
TCHAC
NOUS NE SOMMES QUE DES CHASSEURS DE PRIMES !
TCHAC
FSHHHH

FSHHH
シュウウウ
ZUT !!
UN ÉCRAN DE FU-MÉE !
ILS ESSAIENT DE NOUS AVEUGLER AVEC DES FUMIGÈNES ...
ON AVAIT COMPRIS, MERCI !
CRIIIII

À COUVERT !!
FEU !
BANG
BANG
BANG
BANG

GREG !
CES ARMURIERS ONT PLUS D'UN TOUR DANS LEUR SAC !
CATACLOP
ドドドド
CATACLOP
CATACLOP
ドドド
CATACLOP

バッ
TAP
ガアーン
BANG
ガアン
BANG
ドーン
BANG
TCHAC
バズッ
TCHAC
バズッ

PLAF
CATACLOP
RIEN DE CASSÉ ?!
AUCUN PROBLÈME...
C'EST ELLE, NOTRE PROIE !
POURSUIVONS-LA !

TU AS INTÉRÊT À T'EN SORTIR VIVANTE...
MAIS JUSQU'À QUAND CONTI-NUERAS-TU TES RECHERCHES INSENSÉES...
GARAMI ?
PAUVRES FOUS...

CATACLOP
CATACLOP
LES VOILÀ ...
ILS VONT BIENTÔT NOUS RATTRAPER... NE RÉDUIS L'ALLURE SOUS AUCUN PRÉTEXTE.
ÇA MARCHE !
ON VOIT QU'ILS ONT L'HABITUDE DE COMBATTRE... ILS RESTENT CALMES ET POSÉS...

ド
CATACLOP
ドドド
ET MAINTENANT ?
CATACLOP
LEUR CHEVAL ZOMBIE NE CONNAÎT PAS LA FATIGUE, ET ON NE PEUT PAS NON PLUS LE TUER…
NOS BÊTES SONT PLUS RAPIDES, MAIS ELLES VONT FINIR PAR S'ES-SOUFFLER…
ON N'A QU'À TOUT FAIRE SAUTER ! APRÈS TOUT, ON N'A PAS ORDRE DE LA CAPTURER VIVANTE…
ET RISQUER DE TUER LA PRINCESSE ? BRILLANTE IDÉE ! TU VEUX DIRE ADIEU À LA RÉCOM-PENSE ?
HÉ HÉ… DANS CE CAS, ON N'A PAS LE CHOIX …
ドドドド
CATACLOP
ド
CATACLOP

JE M'APPELLE GREG, JE SUIS L'AÎNÉ DES FRÈRES CERBERUS !
MERCI POUR LES PRÉSENTATIONS !
MAIS JE N'EN VOIS PAS L'INTÉRÊT !
TU N'AS PAS ENVIE DE CONNAÎTRE LE NOM DE CELUI QUI AURA TA PEAU ?!
BANG
BANG
CLANG
ABSOLUMENT PAS !
VIOUUU
AAAH !
NE PANIQUE PAS... TIRER À CHEVAL EST UN EXERCICE DIFFICILE, ILS NE NOUS TOUCHERONT PAS.
CATACLOP
DE L'AUTRE CÔTÉ !

ET MOI, C'EST BUTCH ! LE FRÈRE CADET !
BANG
TIENS, UN PETIT CADEAU DE LA MAISON !!
BOUM
HIII !
BAISSE LA TÊTE, AIRI !

ドド
ドド
ドド
CATACLOP
ドド
CATACLOP
UNE MINUTE... ILS SONT CENSÉS ÊTRE TROIS...
DONC LE DERNIER EST LÀ !
ガッ
TCHAC

TES FRÈRES ONT FAIT DIVERSION POUR QUE TU PUISSES MONTER SUR LE CHARIOT EN TOUTE DISCRÉTION...
JE VOIS QU'IL NE VA PAS ÊTRE AISÉ DE T'ÉLIMINER...
JE SUIS RICO, LE BENJAMIN ! MES HOMMAGES, GENTE DEMOISELLE...
TU FERAS UN MAGNIFIQUE CADAVRE !

CATACLOP
CATACLOP
COMME TU SERAS BELLE, RECOUVERTE DE PLAIES BÉANTES ...
D'OÙ JAILLIRONT DES GERBES DE SANG !
LAISSE-MOI TE TRANCHER LA JUGULAIRE, MARCHANDE D'ARMES !
TAP
ESSAIE UN PEU, POUR VOIR, BLANC-BEC !
TAP

STIGMATE 20 :
LES CHASSEURS DE PRIMES (3)
HA HA !
CLANG
FUIT

CLANG
TAP
PAS MAL !
CSHH
GH...
GARAMI !
HÉ HÉ !

BANG
VSHH
TAP
AU SEIN DE NOTRE PETIT TRIO, CHACUN A SA SPÉCIALITÉ...
HÉ HÉ... DOMMAGE ...
MOI, PAR EXEMPLE, JE SUIS À L'ÉPREUVE DES BALLES !
PLOP
PLOP

CATACLOP
AH, VOILÀ LA PRINCESSE... JE SAVAIS BIEN QU'ELLE ÉTAIT JOLIE COMME UN CŒUR !
TES YEUX BRILLENT COMME DEUX JOYAUX... TES CHEVEUX SONT SOYEUX...
AU PREMIER COUP D'ŒIL, ON S'APERÇOIT QUE TU N'APPARTIENS PAS AU MÊME MONDE QUE NOUS !
TU N'AS JAMAIS EU À TE BATTRE NI À TE TRAÎNER DANS LA BOUE POUR SURVIVRE...
TU FAIS PARTIE D'UNE CLASSE PRIVILÉGIÉE...
TU ME DÉGOÛTES !
JE VAIS T'ARRACHER LES YEUX ET LACÉRER TON BEAU VISAGE !
TAP
TU SERAS ENCORE PLUS SUBLIME !
CLANG

QU'EST-CE QUE TU ME VEUX, SALE MIOCHE ?
GH...
DÉSOLÉ, JE T'AI FROISSÉ ?
TAP
TAP
VSH
VSH
YAAAH !
PUISQUE TU TIENS À T'EN MÊLER, TU FERAS UNE CIBLE PARFAITE POUR MES POIGNARDS !

L'AFFAIRE SERA BIENTÔT RÉGLÉE ...
CATACLOP
ドド
ドド
CRRR
グググ

JE VAIS TE BRISER LE COU !
GH...
CRRR
ET UNE FOIS QUE TU SERAS REFROIDIE, JE TE PLANTERAI MON GROS DARD DANS...
CLAC
TCHAC

PAF
RAAAAAH !
APPAREM-MENT, TES YEUX NE SONT PAS INCRE-VABLES, EUX...
GH ...
BAM
?!
TU VOIS ? MON ENGIN EST PLUS GROS QUE LE TIEN !
NON !
BANG

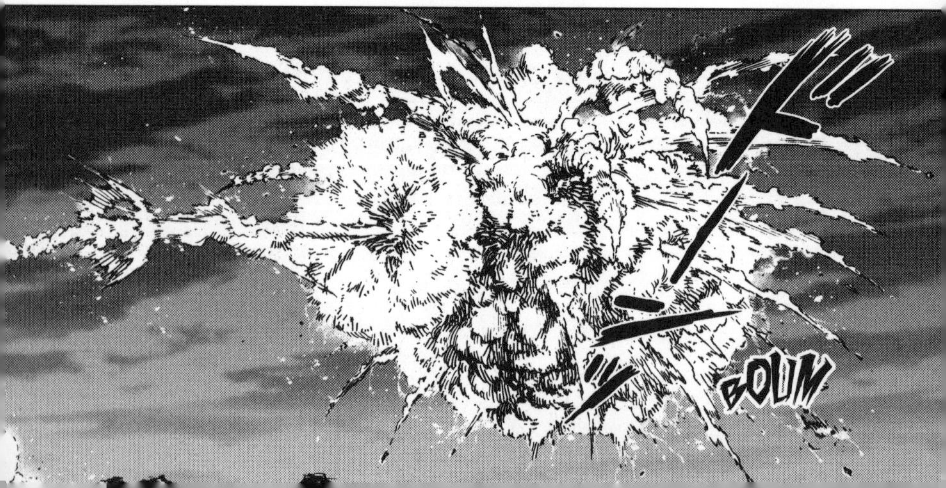
BOUM

AAAAAH !

BUTCH !
TCHAC
TIENS, JE TE RENDS TON COUTEAU !
GARAMI !
POF

FUIT
SALE GARCE ! TU VAS ME LE PAYER !!
AIRI !
PLOF
TU VAS TOMBER AVEC MOI, PRIN-CESSE !
NOOON !!
LÂCHE-LA !

ÔTE
TES SALES
PATTES
DE LÀ !
AAAAAAH !

ON VA DEVOIR QUITTER AU PLUS VITE CETTE RÉGION...
QUI GROUILLE D'ENVOYÉS DU BALZAR ...
IL FAUT S'ÉLOIGNER LE PLUS POSSIBLE ...
CES CHASSEURS DE PRIMES NE VONT PAS S'AVOUER VAINCUS POUR SI PEU...
REPRENDS LES RÊNES, SONA...
HAN HAN
ÇA VA ?!

AIRI EST PROSTRÉE DEPUIS TOUT À L'HEURE...
LAISSE-LA... ELLE VIEN-DRA MANGER QUAND ELLE AURA FAIM...
...
...
FRSH

SI ELLE VEUT RES-TER SEULE, C'EST SANS DOUTE POUR UNE BONNE RAISON...
SI TU LE DIS...
TAP
?!
VENDS-MOI UNE ARME, COLPOR-TEUSE !
JE N'AI PAS LA MOINDRE PIÈCE SUR MOI...
ALORS ...
MAIS...

À CE MOMENT-LÀ, J'AI RECONNU LA LUEUR QUI BRILLAIT DANS SES YEUX...
JE TE DONNE MES CHEVEUX EN COMPENSA-TION !
ELLE AVAIT LE MÊME REGARD QUE LE JOUR DU MARCHÉ AUX ESCLAVES... UN REGARD PLEIN DE DÉTERMINATION !

UN JOUR, MON PÈRE M'A PRISE SUR SES GENOUX ET IL M'A DIT...
"AIRI, TU AS DES CHEVEUX D'OR. TU POURRAIS ACHETER UN ROYAUME ENTIER AVEC UNE DE TES MÈCHES !"
BIEN SÛR, JE N'AI PLUS L'ÂGE DE PRENDRE AU SÉRIEUX LES FABLES DE MON PÈRE...
MAIS POUR LE MOMENT, C'EST TOUT CE QUE J'AI À OFFRIR !
AU PREMIER COUP D'ŒIL, ON S'APERÇOIT QUE TU N'APPARTIENS PAS AU MÊME MONDE QUE NOUS !
TU N'AS JAMAIS EU À TE BATTRE NI À TE TRAÎNER DANS LA BOUE POUR SURVIVRE...

VENDS-MOI UNE ARME EN ÉCHANGE DE MES CHEVEUX ...
COLPORTEUSE !
STIGMATE 21 : LA FORÊT NOIRE (1)
...
GARAMI !
JE REGRETTE, MAIS JE N'AI PAS D'ARME POUR TOI...
TU AS DÉJÀ OUBLIÉ ? J'AI ÉTÉ EXCLUE DE LA GUILDE...
AH...

DÉSORMAIS, C'EST TOI, LE MARCHAND !
!!
J'AVAIS ENTENDU DIRE QUE LES CHEVEUX ÉTAIENT CE QU'UNE FILLE AVAIT DE PLUS PRÉCIEUX...
J'AVAIS DU MAL À IMAGINER CE QUE ÇA DEVAIT REPRÉSENTER POUR AIRI DE COUPER SA MAGNIFIQUE CHEVELURE...
ELLE DÉGAGEAIT UN LÉGER PARFUM D'AGRUMES...
TRÈS BIEN, MARCHÉ CONCLU ! VA CHOISIR UNE ARME DANS LE COFFRE ...
HEIN ?!
CLING

MAIS JE NE CONNAIS PAS LA CARGAISON !
IL N'Y A PAS LE FEU, PRENDS TON TEMPS POUR SÉLECTIONNER LA BONNE...
POUR OUVRIR, C'EST LA CLÉ SERTIE D'UNE PIERRE ROUGE. NE TE TROMPE PAS...
C'EST CELLE QUE J'AVAIS UTILISÉE À YUGA...
EUH ...
JE NE PENSAIS PAS QUE TU ÉTAIS AUSSI BÊTE ...
...
SE COUPER LES CHEVEUX AU POIGNARD... ON AURA TOUT VU !
JE VAIS ÉGALISER TA COIF-FURE...

...
JE N'AURAIS JAMAIS CRU ...
ASSISTER UN JOUR À PAREIL SPECTACLE...
VIENS LÀ, JE VAIS EN PROFITER POUR TE RACCOURCIR LES POINTES ...
PARDON ?!

パサッ
FSHH
CLIC
チョキ
チョキ
CLIC
ARRÊTE DE GIGOTER OU JE TE COUPE L'OREILLE...
C... COMPRIS ...

ÇA ME RAPPELLE ...
QUAND MA MÈRE NOUS COUPAIT LES CHEVEUX, À MA PETITE SŒUR ET À MOI, À LA LUEUR DE LA CHEMINÉE...
QUE DE CHEMIN PARCOURU DEPUIS...

...
LE BALZAR A ENVOYÉ SES SOLDATS JUSQUE DANS LES SENTIERS LES PLUS PERDUS POUR PROCÉDER À DES CONTRÔLES D'IDENTITÉ. JE SUPPOSE QUE C'EST ENCORE PIRE SUR LES ROUTES FRÉQUENTÉES...

ROU
QU'EST-CE QU'ON FAIT ?
ROU
ON VA ÊTRE OBLIGÉS DE FAIRE UN DÉTOUR PAR L'OUEST...
HEUREUSEMENT, LE BROUILLARD EST TELLEMENT ÉPAIS QU'ILS VONT AVOIR DU MAL À NOUS REPÉRER...
...
VROOO
VROOO
TSS...
ACCÉLÈRE, SONA !

CATACLOP
VROOO
CATACLOP
TU ENTENDS, RICO ? C'EST LE COR DU BALZAR... IL NOUS INDIQUE L'EMPLACEMENT DE NOTRE PROIE !
PAS QUESTION DE LA LEUR LAISSER... C'EST À NOUS DE VENGER LA MORT DE BUTCH !
FLAP
VA !

CATACLOP
CATACLOP

GARAMI ! UNE ARMÉE ENTIÈRE FONCE DROIT SUR NOUS !
FOUETTE LE CHEVAL !

YAAH !
YAAH !
CATACLOP
?!
CATACLOP
CATACLOP
C'EST UN ÉTENDARD D'APPEL QU'ON VIENT DE CROISER ?
...
GARAMI !

ENCORE DES DRAPEAUX !
ON DIRAIT QU'ILS NOUS GUIDENT !
TU CONNAIS CET EN-DROIT ?
MALHEUR... ON SE RAPPROCHE DE LA FORÊT NOIRE !
EN LEVANT LES YEUX...
REGARDE !

J'AI VU À TRAVERS LE BROUILLARD UNE SORTE DE GRAND BOIS, ET J'AI COMPRIS POURQUOI ON L'APPELAIT LA FORÊT NOIRE...

L'INSTANT D'APRÈS, JE ME SUIS RENDU COMPTE QUE SUR CETTE LANDE DÉSO-LÉE, UNE TELLE FORÊT N'AURAIT PAS DÛ EXISTER...

CATACLOP
NON ! IL NE FAUT PAS S'EN APPROCHER !
MAIS AIRI...
SI, JUSTEMENT ...
ON VA PLONGER EN PLEIN DEDANS...

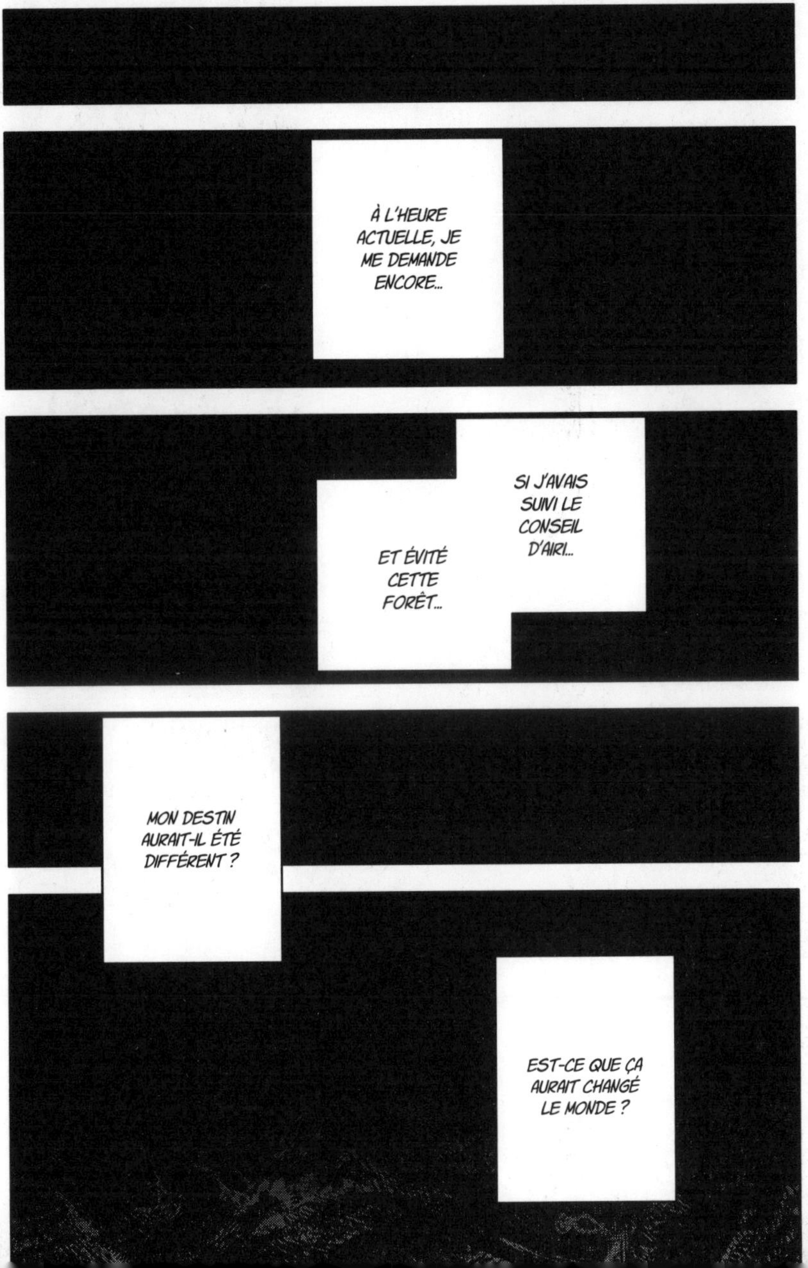
À L'HEURE ACTUELLE, JE ME DEMANDE ENCORE...
SI J'AVAIS SUIVI LE CONSEIL D'AIRI...
ET ÉVITÉ CETTE FORÊT...
MON DESTIN AURAIT-IL ÉTÉ DIFFÉRENT ?
EST-CE QUE ÇA AURAIT CHANGÉ LE MONDE ?

PEUT-ÊTRE QUE JE N'AURAIS JAMAIS TROUVÉ CE LIVRE...
ET ELLE... SANS DOUTE QUE JE NE L'AURAIS PAS PERDUE...

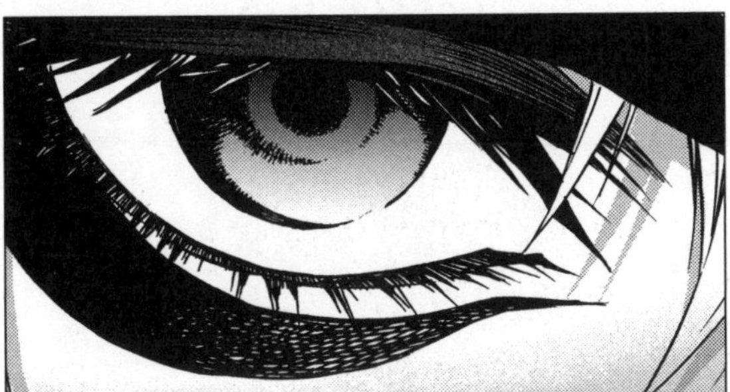

SONA ! SUIS LES ÉTENDARDS D'APPEL ! DIRIGE-TOI VERS LA FORÊT NOIRE !
CATACLOP
NON ! IL NE FAUT PAS S'EN APPROCHER !

BIZARRE...
COMMENT CES ARBRES ONT-ILS PU POUSSER EN PLEIN DÉSERT ?
ET QUI A PLANTÉ CES DRAPEAUX ?
ヒヒーン
!!
!!
LES BALZARIS REBROUSSENT CHEMIN ! CONTINUE VERS LES BOIS !
MAIS LE CHARIOT NE POURRA JAMAIS AVANCER LÀ-DEDANS !
CATACLOP
CATACLOP

UN SENTIER ?!
VAS-Y !!
AAAAAH !!
DOOOM
AU MOMENT OÙ JE ME SUIS ENGAGÉ SUR CETTE PISTE ENCORE INVISIBLE QUELQUES SECONDES AUPARAVANT...

STIGMATE 22 :
LA FORÊT NOIRE (2)
J'AI EU L'IMPRESSION D'ENTRER DANS LA GUEULE D'UNE CRÉATURE GIGAN-TESQUE...

ゴト
ROLL
ゴト
ROLL
ゴト
ROLL
GARAMI ...
TU ES SÛRE QU'ON A BIEN FAIT DE SE RÉFUGIER DANS CES BOIS ?
TU VOYAIS UN AUTRE MOYEN DE SEMER LES SOLDATS DU BALZAR ?
NON, MAIS ...
TU AS OUBLIÉ LA RÈGLE ? UN MARCHAND NE DOIT JAMAIS IGNORER UN ÉTENDARD D'APPEL...
C'EST VRAI... IL Y A QUELQU'UN, DANS CETTE FORÊT...
QUI NOUS A INCITÉS À Y PÉNÉTRER !

UN VILLAGE ...
BEURK, ÇA SENT LE MOISI ! IL N'Y A PAS ÂME QUI VIVE...
ROLL
ROLL
ON DIRAIT UNE VILLE FANTÔME !
NON, ELLE EST HABITÉE ...

LES VILLAGEOIS SONT TOUS AMASSÉS DERRIÈRE LEURS FENÊTRES, ET ILS NE NOUS LÂCHENT PAS DU REGARD !
APPAREMMENT, TON CLIENT SE TROUVE LÀ-BAS...

ROLL
ゴト
ゴト
ROLL
ブルルル
BRRR

VAS-Y, FRAPPE À LA PORTE ...
FSH
スッ
CRII
ENTREZ, JE VOUS PRIE...
TAP
コッ
TAP
コッ
LES VOILÀ ...

CE SONT EUX ...
QU'EN PENSEZ-VOUS ?
JE NE SAIS PAS TROP...
QUELLE IDÉE DE LES AVOIR FAIT VENIR ICI ...
À L'AIDE DE CES DRAPEAUX, COMME LE FONT CEUX DU MONDE EXTÉRIEUR !
C'EST GROTESQUE !

DÉCOUVREZ-VOUS ! VOUS ÊTES À L'INTÉRIEUR D'UN MANOIR !
!!!
VOUS IGNOREZ DONC LES RÈGLES DE POLITESSE LES PLUS ÉLÉMENTAIRES ?! DÉPOSEZ VOS ARMES !
D'ACCORD...
GARDE TON ÉPÉE, SONA...
CERTAINS ACHETEURS N'HÉSITENT PAS À FAIRE FEU SI LES NÉGOCIATIONS ÉCHOUENT...
NOUS DEVONS TOUJOURS AVOIR UN MOYEN DE DÉFENSE SUR NOUS, PAR MESURE DE SÉCURITÉ.
DE PLUS, AUCUN MARCHAND SAIN D'ESPRIT N'ACCEPTERAIT DE SE DÉSARMER DEVANT DES CLIENTS QUI OSENT LE RECEVOIR DANS L'OBSCURITÉ LA PLUS TOTALE...

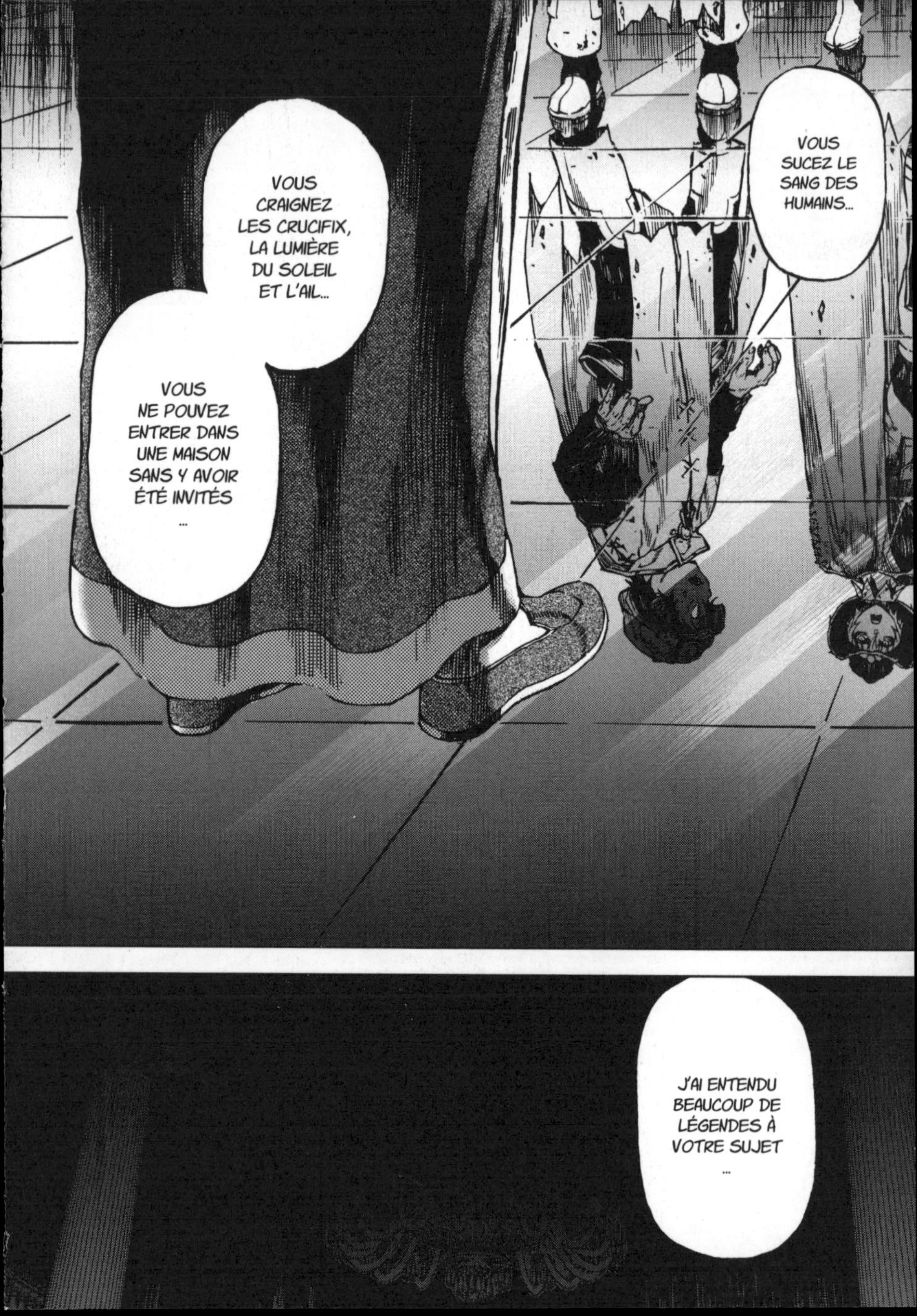
VOUS SUCEZ LE SANG DES HUMAINS...
VOUS CRAIGNEZ LES CRUCIFIX, LA LUMIÈRE DU SOLEIL ET L'AIL...
VOUS NE POUVEZ ENTRER DANS UNE MAISON SANS Y AVOIR ÉTÉ INVITÉS ...
J'AI ENTENDU BEAUCOUP DE LÉGENDES À VOTRE SUJET ...

MAIS JE NE SAVAIS PAS QUE LES VAMPIRES ÉTAIENT SI MAL ÉLEVÉS !
DES VAMPIRES ?!
MISÉRABLE !!

SLASH
AAAAAAH!
HEU-REUSEMENT QUE MA LAME N'EST PAS EN ARGENT, CE COUP T'AURAIT ÉTÉ FATAL...

TU OSES NOUS INSULTER ?!
ALORS QUE TU N'ES QU'UNE VULGAIRE HUMAINE ?!
POUR QUI TE PRENDS-TU ?!
AAAH !!
METTEZ-LA EN PIÈCES !

SILENCE !!
...
VOUS AVEZ MILLE FOIS RAISON, VEUILLEZ PARDONNER NOTRE IMPOLITESSE ...
FRSH
ボウッ

JE SUIS LA MAÎTRESSE DE MAISON...
LA COMTESSE GILBERTE GUILLEMIN !
C'EST MOI QUI DÉSIRE TRAITER AVEC VOUS...
GUILLEMIN ?!
?

JE CONVOITE PRÉCISÉMENT CE DONT VOUS VENEZ DE PARLER...
UNE ARME EN ARGENT CAPABLE DE TUER MES SEMBLABLES !
EN AVEZ-VOUS, MARCHANDE ?
À SUIVRE...

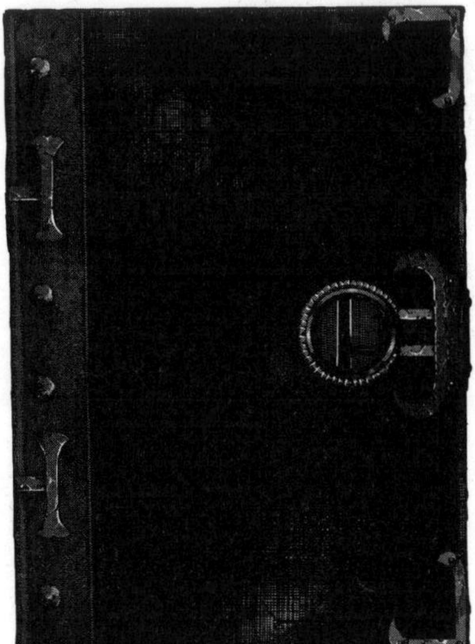

POSTFACE – À PROPOS D'UNE CERTAINE LIBRAIRIE

JE ME TROUVE AU MILIEU D'UNE GRANDE LIBRAIRIE. DE VASTES RAYONNAGES BLANCS S'ÉTENDENT DEVANT MOI. ILS SONT GIGANTESQUES ET MONTENT JUSQU'AU PLAFOND, MAIS, COMME LES ALLÉES SONT LARGES, ÇA N'A RIEN D'OPPRESSANT.
JE M'ARRÊTE ET J'EXAMINE UNE ÉTAGÈRE À PROXIMITÉ. ELLE EST REMPLIE DE LIVRES QUE JE N'AI ENCORE JAMAIS LUS. D'APRÈS LEURS TITRES, ILS ME SEMBLENT ASSEZ ALLÉCHANTS. JE MARCHE ENCORE UN PETIT MOMENT LE LONG DE CES COLOSSALES BIBLIOTHÈQUES ET, SANS M'EN APERCEVOIR, JE COMMENCE À PRENDRE UN LIVRE, PUIS UN AUTRE, TANT ET SI BIEN QUE JE FINIS AVEC UNE IMMENSE PILE DANS LES BRAS. C'EST POUR MOI LE PLUS GRAND DES BONHEURS !
COMME VOUS L'AVEZ PROBABLEMENT DEVINÉ, JE SUIS EN TRAIN DE VOUS DÉCRIRE UNE LIBRAIRIE IMAGINAIRE, DU GENRE QU'ON NE VOIT QUE DANS LES RÊVES. UN JOUR, J'EN AI PARLÉ À AKARA ARISATO, UN COLLÈGUE MANGAKA, ET IL M'EN A UN PEU VOULU : "CE N'EST PAS JUSTE ! TU AURAIS PU M'Y EMMENER !" MALHEUREUSEMENT, C'EST IMPOSSIBLE...
BREF, POUR UN GRAND AMATEUR DE LIBRAIRIES COMME MOI, CE RÊVE ÉTAIT UN PUR MOMENT D'EXTASE. REVERS DE LA MÉDAILLE : JE N'AVAIS PAS PU LIRE UNE SEULE DES ŒUVRES QUE J'AVAIS SÉLECTIONNÉES ! JE N'AVAIS AUCUN SOUVENIR D'ÊTRE PASSÉ À LA CAISSE... CES OUVRAGES NE S'EMPORTENT PAS DANS LE MONDE RÉEL. J'AI DONC PRIS UNE DÉCISION : SI J'Y RETOURNE UN JOUR, JE FEUILLETTERAI LES LIVRES SUR PLACE !

ME REVOICI DANS MA LIBRAIRIE IMAGINAIRE. JE ME PRÉCIPITE VERS UN ÉNORME LIVRE ÉTRANGER QUE J'AI REPÉRÉ DEPUIS LONGTEMPS, SI GRAND QUE JE SUIS OBLIGÉ DE LE PORTER À DEUX MAINS. IL EST ENTIÈREMENT NOIR, DEPUIS SA COUVERTURE MASSIVE ET RIGIDE JUSQU'À SES PAGES INTÉRIEURES, ET AGRÉMENTÉ DE MAGNIFIQUES ILLUSTRATIONS RICHEMENT COLORÉES. CERTAINEMENT UN OUVRAGE DE LITTÉRATURE FANTASTIQUE, UNE SOMPTUEUSE ÉDITION LIMITÉE FABRIQUÉE À QUELQUES EXEMPLAIRES SEULEMENT...

ME VOILÀ DONC EN POSSESSION DE L'OBJET EN QUESTION. JE L'OUVRE ET, À CE MOMENT PRÉCIS, QUELQUE CHOSE D'ÉTRANGE SE PRODUIT : JE SUIS ASPIRÉ ENTRE SES PAGES, PROPULSÉ AU BEAU MILIEU DE L'HISTOIRE ! EN RÉSUMÉ, J'ÉTAIS EN TRAIN DE FAIRE UN RÊVE À L'INTÉRIEUR D'UN AUTRE. C'ÉTAIT UN RÊVE À TIROIRS... J'ÉTAIS PARFAITEMENT CONSCIENT DU FAIT QU'IL EST IMPOSSIBLE D'ÊTRE HAPPÉ PAR UN LIVRE, ET QUE PAR CONSÉQUENT J'ÉTAIS FORCÉMENT EN PLEIN SONGE. UN RÊVE TRÈS LUCIDE, FINALEMENT !

J'AI DONC VÉCU UNE AVENTURE DANS CET UNIVERS ONIRIQUE, PUIS JE SUIS REVENU DANS LE MONDE RÉEL, UN PEU COMME DANS *L'HISTOIRE SANS FIN* DE MICHAEL ENDE.

UNE FOIS RÉVEILLÉ, J'AI ESSAYÉ DE NOTER LE CONTENU DE CE DRÔLE DE RÊVE, MAIS SEULES QUELQUES BRIBES DE SOUVENIRS INCOHÉRENTS ME SONT REVENUES EN MÉMOIRE... NÉANMOINS, CES QUELQUES IMAGES DÉCOUSUES ONT SERVI DE BASE POUR ÉTOFFER L'UNIVERS DE *THE ARMS PEDDLER*. SI JE VOUS DISAIS QUE QUELQUES-UNES DES CLÉS LES PLUS IMPORTANTES DE L'HISTOIRE PROVIENNENT D'UN RÊVE, ME CROIRIEZ-VOUS ? EH BIEN SACHEZ QUE C'EST LE CAS POUR LE LIVRE QUI APPARAÎTRA DANS LE PROCHAIN VOLUME...

LE 21 JUILLET 2011, SUR LE COMPTOIR DU BAR *LE NID DE L'OIE SAUVAGE*

KYOICHI NANATSUKI

HTTP://NANATSUKI.BLOG.SO-NET.NE.JP

HTTPS://TWITTER.COM/JULY_MIRROR

Mise en couleur de l'illustration de couverture :
Rawar

Superviseur militaire :
Lee Hyun Seok (Warmania), Oh Se Chan

Design du logo original :
Mizuno Design Room

Photo de couverture :
Hisayoshi Tamai (Hobby JAPAN),
première publication dans *Toy Gun Digest* 2011 (Hobby JAPAN)

Design de la couverture originale :
Tetsuya Ebihara

THE ARMS PEDDLER

First published in Japan in 2011 by SQUARE ENIX CO., LTD.
French translation rights arranged with SQUARE ENIX CO., LTD.
and Ki-oon Limited through Tuttle-Mori Agency, Inc.

Édition française

Traduction :
Fédoua Lamodière

Adaptation graphique :
Clair Obscur

ISBN : 978-2-35592-400-2
Dépôt légal : juin 2012
Achevé d'imprimer en France par CPI Aubin Imprimeur